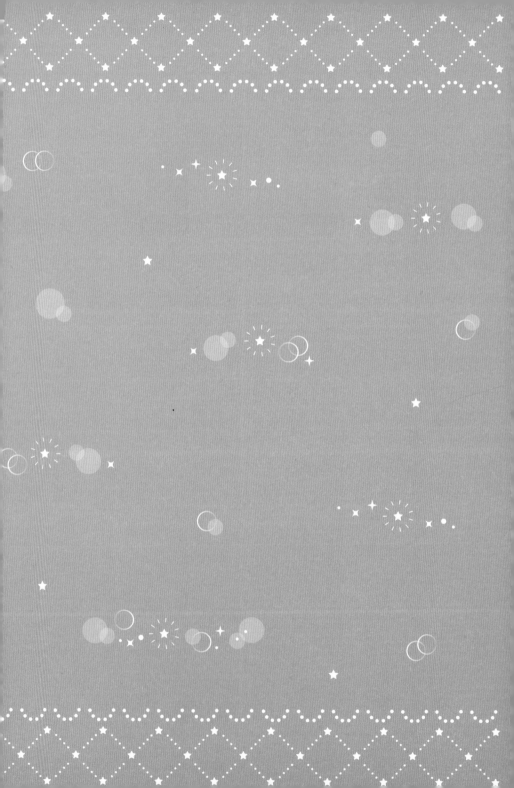

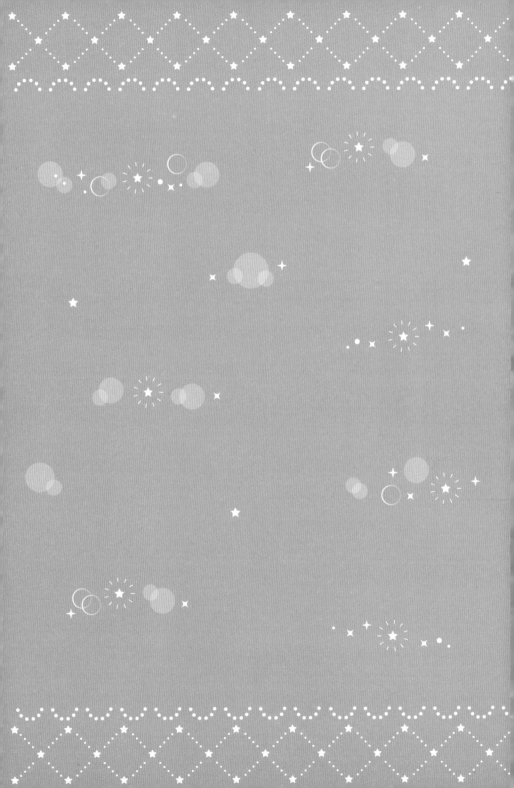

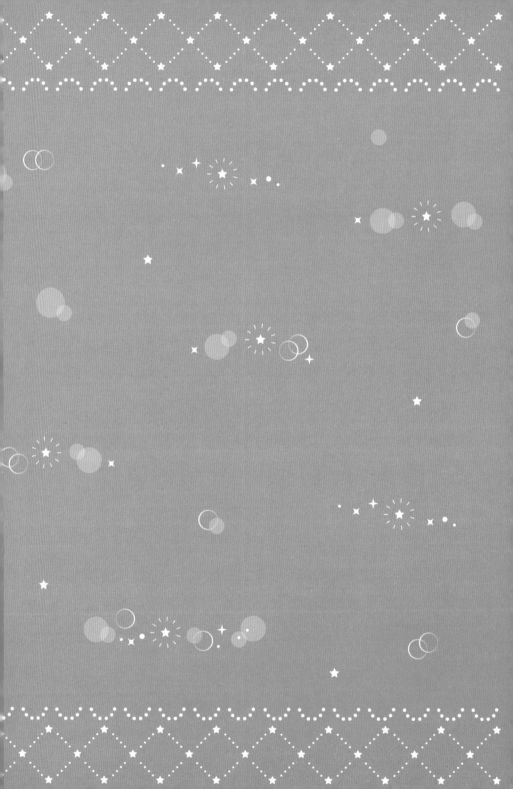

魔法少女奇遇記 3

遊樂園的魔法約定

ひみつの魔女フレンズ3巻
遊園地で魔法のやくそく

著 ✦ 宮下恵茉
繪 ✦ 子兔
譯 ✦ 林謹瓊

手中握著一張
閃閃發光的
神祕卡片，

我也能
成為憧憬已久的
魔法師嗎？

從未見過的
夢幻甜點，
新奇特別的化妝品，
與魔法師好友一起，
探訪各式各樣的
魔法商店。

獨一無二的
祕密好友，
不能讓別人知道的
祕密時光。

目錄
Contents

【第2章】露歐卡的故事

人物介紹
Character

人類世界

山野薰

擁有神奇的魔法卡片，
對魔法相當憧憬的
小學四年級生。

真央

在遊樂園遇見的小女孩，
很疼愛妹妹。

奏太

小薰的青梅竹馬。

人物介紹 Character

★·魔法世界·★

露歐卡

熟知所有魔法的魔女。
魔法學校的四年級生。

香草

負責照顧露歐卡的使魔。

蜜歐娜

露歐卡的母親。
魔法界裡魔力
最強的魔女。

歐奇托

露歐卡的父親。
曾經是有名的
魔法師。

✷ 前情提要

小薰無意間撿到了一張神奇的魔法卡片，
就這樣意外走進了魔法大道！
不過，這張卡片是魔法世界裡的魔女露歐卡
刻意丟掉的。
露歐卡解除了小薰面臨的危機之後，
她們約好了下次要一起去魔法大道逛街，
但是……

第1章

小薰的故事

1

魔法大道的約定

「哇！真像是一場夢……」

迎著窗外照進來的陽光，小薰將手中的卡片高舉。金黃色的光線透過蕾絲窗簾灑落在卡片上，反射出耀眼的光芒。

小薰手裡拿著魔法卡片，只要有這張卡片，就能前往林立著眾多魔法商店的「魔法大道」。

不僅如此，魔法卡片還能夠用來購買魔法道具。

小薰是在一次偶然的情況下，撿到這張魔法卡片的。第一次去魔法大道的時候，她還搞不太清楚是怎麼一回事；第二次則是為了解決朋友的困擾前去購買魔法道具。

不過，使用魔法道具對小薰來說實在太難了，正當小薰感到不知所措時……

「好笨……」在小薰面前，突然出現了一個戴著奇特帽子、圍著披風的女孩！

她是露歐卡。小薰沒想到眼前出現的竟然是一名真正的魔法師，也是魔法卡片的主人。

小薰擅自使用了魔法卡片，露歐卡不但沒有生氣，還教導小薰如何正確使用魔法道具，甚至告訴小薰，她以後可以自由使用魔法卡片。

更棒的是，兩人還約定要一起去魔法大道！

「嘿嘿嘿，我們可是打過勾勾的喔！」

小薰今天不用上鋼琴課，學校的功課全都寫完了，明天上課所需的物品也都準備好了。

「好極了，現在就帶著魔法卡片出發前往魔法大道吧！」

不過，小薰突然想起一件事。雖然與露歐卡約定好要一起去逛街，但卻忘了約定時間，小薰也不知道該怎麼聯繫露歐卡。

「哎呀！怎麼辦呢？」小薰苦惱了好一陣子，還是毫無頭緒。

「不想那麼多了，露歐卡可是魔法師呢！如果我到了魔法大道，她一定會知道的。」

小薰再度燃起了衝勁，把魔法卡片放進了最喜歡的包包裡。

「媽媽，我出去一下喔！」說完後，小薰充滿活力的跑出了家門。

小薰前往的地方是，車站前大馬路岔出去的一條小巷子，她左彎右拐的穿過那條窄窄的巷子之後……

「就是這裡！」小薰找到了記憶中那面老舊的紅磚牆。

「嘿嘿嘿，今天要買什麼魔法道具好呢？」

她從包包裡取出魔法卡片，按壓在紅磚牆上，「啪」的一聲，剎那之間，魔法卡片散發出耀眼的光芒。

小薰隨即閉上了雙眼。

「一、二、三……」在心中默數五秒之後，小薰慢慢的睜開眼睛……眼前正是奇幻商店櫛次鱗比的魔法大道。

「哇！每次來到這裡都讓我感到既興奮又期待！」小薰立刻邁開腳步。

一眼望去滿是新奇事物：粉彩的兔子玩偶在商店櫥窗裡不停的蹦蹦跳跳；看來與眾不同的果汁攤，展示著會自動變長的彩色鮮艷吸管……

每家店小薰都好想走進去看看。

「露歐卡不在這裡嗎？」小薰左顧右盼，找尋露歐卡的身影。

魔法大道上有許多與小薰年齡相近的女孩，她們和同行的朋友一邊逛街，一邊興高采烈的聊天。

小薰跟著那些女孩往前走，但是走了許久，還是沒有找到

露歐卡。

小薰不經意的往旁邊一看，發現一家以黑色和紫色為主色調，籠罩著詭異氣氛的商店。店面前方販售著骷髏頭造型的蠟燭，旁邊的屋簷底下

還有蝙蝠倒吊著，不停的搖晃。

直到剛剛都還滿懷興奮期待的小薰，走到這裡，心頭不禁湧上一陣害怕。

事前沒有跟露歐卡約好這個時間要來，就算是魔法師，也不一定就會來這裡呀……

就在這時，小薰感覺到有一道目光注視著自己。

「是露歐卡嗎？」

小薰抬起頭，看見商店招牌上畫著一隻黑貓，黑貓俯視著小

薰，轉了轉眼珠。

「哇！牠在看我！」

「該不會是被發現了吧？我這個人類闖入魔法世界裡。」

小薰心驚膽跳的想著。

「只不過是招牌上施加了一點小魔法罷了，這有什麼好大驚小怪的呀？根本沒有人注

意到妳啦，不用擔心。」

聽見背後傳來了說話聲音，小薰慌張的回頭看。

帶著一臉不耐煩表情的露歐卡就站在那裡。

「露歐卡！」小薰忍不住衝上前抱住露歐卡。

「怎……怎麼回事？發生什麼事了？」露歐卡被小薰突如其來的舉動嚇了一跳。

「太好了！我還在想如果露歐卡不來的話要怎麼辦呢！」

「是因為妳上次說一定要來，所以，我只好勉為其難的配合

「妳呀……」

露歐卡還沒說完，傳來一個聲音：

「妳騙人！」

有一隻全身毛茸茸的雪白老鼠，從露歐卡的披風裡冒出頭來，那是露歐卡的使魔「香草」。

「妳明明就一直掛念著小薰什麼時候會來魔法大道。」香草這番話，讓露歐卡的臉比剛剛更紅了。

「你……你別亂講！」

說完後，露歐卡把香草收進披風裡面。

「是這樣呀，原來妳沒有忘記我們的約定！」

聽見小薰這句話，露歐卡將雙臂交叉在胸前，假裝毫不在意的說：「妳那時候講了這麼多遍，想忘都忘不掉。」

「可以跟露歐卡一起在魔法大道逛街買東西真的好開心，謝謝妳特地趕來！」

只見露歐卡臉上的表情，看似有些生氣，卻又帶著點高興。

「我才不是來買東西的呢！只是來陪妳逛逛而已。」

迅速講完這句話後，露歐卡便邁開腳步往前走。

小薰歪頭看著露歐卡的側臉，心滿意足的笑了出來。

「自己明明沒有要買東西，卻為了陪我逛街而專程過來，露歐卡果然很貼心呢！」

「那我們就趕緊去店裡逛逛吧！」

露歐卡沒有回答，而是放慢了腳步，等小薰跟上來。

小薰察覺到了，快步走到露歐卡身邊，兩人一起並肩走進魔法大道。

2

新奇的發現

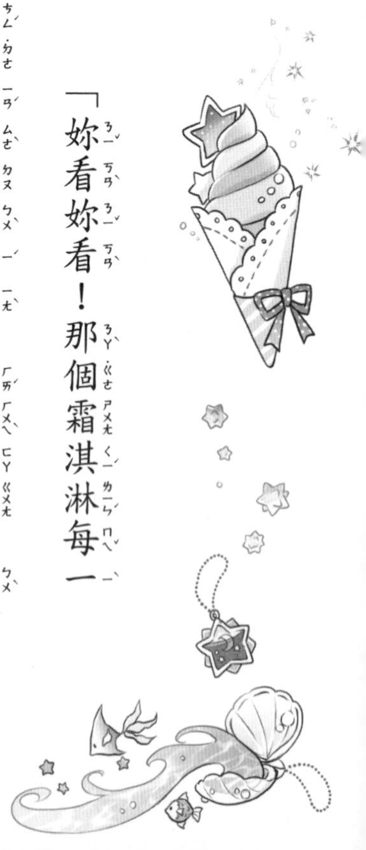

「妳看妳看！那個霜淇淋每一層的顏色都不一樣，還會發光！不曉得是什麼味道呢？」

「妳看那邊！那家店的大門跟屋頂全部都是淺紫色的，是不是很可愛？要不要進去看看？」

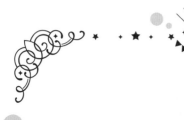

小薰興奮的指向目光所及的每一道點心、每一個店家，拉著露歐卡到處走。

每一家店裡都擺滿了不可思議且超級可愛的商品，像是會一邊旋轉一邊變換顏色的棒棒糖、會自動跳起舞來的綁帶舞鞋……

「妳看！這叫做『澆水就會出現彩虹的彩虹花』！為什麼會有彩虹呀？好想看看喔！」小薰興奮的說。

「那就實際試一次看看吧！」

只見露歐卡彈了一下響指，花朵的上方瞬間灑落滂沱大雨。

過沒多久，花朵上面就浮現出一道小小的彩虹。

「哇！真的下雨了！而且還有彩虹，露歐卡好厲害喔！」

在魔法大道的中央也有攤位正在販售商品。

巨大氣球的表面宛如電視般播放著影片，還有會說話的水果……每一樣東西都讓人心動得想買回家。

「提醒妳喔，只能買一樣東西，不要再三心二意了，快選一個吧！」

露歐卡的語氣聽起來，一副自信滿滿的樣子。

「雖然露歐卡嘴上這麼說，但是進到每家店之後，自己還不是興奮得雙眼發光……」小薰在心裡反駁。

當然，小薰是絕對不會把這種話說出口的，如果惹惱了露歐卡，難得的開心逛街之旅就泡湯了。

「哇！兩個人一起逛街，真的好開心喔！」

小薰再次掃視著魔法大道的每個角落。

之前獨自來這裡的時候，儘管小薰也充滿了驚喜，但心裡難免還是存在著被捲進這個奇幻世界的不安。

不過，今天完全沒有這樣的感覺，因為今天是跟朋友，而且還是一個「魔法師朋友」，一起來逛街買東西！

一切都如此新奇有趣，就像夢境一樣美好。

兩人一路逛下來，已經數不清逛了幾家店。就在這時，香草從露歐卡的披風裡冒出頭來。

「妳們到底要走去哪裡啊？話說在前頭，想要把魔法大道上的商店全都逛過一遍，是不可能的喔！」

「咦？為什麼呢？」小薰聽見香草這麼說，驚訝的問。

「看妳這麼誠心的發問，我就告訴妳吧！魔法大道時時刻刻

都在變化，新的商店會不斷出現，原本有的店家也會隨時轉變為新的樣貌。就算妳以為從頭到尾都逛過一遍了，但在這過程中，有些店已經變成另一種樣子了。所以呀，如果妳看到了喜歡的東西，卻沒有當場買下來，想折返回那家店買，有可能已經買不到了喔！」

香草抬頭挺胸，頭頭是道的向小薰說明。

「哇！真的呀？這樣的話，我得快點回去買剛剛那個東西才行。露歐卡，我們可以原路折返回去嗎？」

露歐卡皺著眉頭疑惑的問：「妳找到想買的東西了嗎？」

「對呀！魔法棒！」小薰露出微笑，點點頭回答。

露歐卡對小薰的回答感到難以置信。

「什麼？魔法棒？該不會是剛剛那個攤位賣的東西吧？」

露歐卡忍不住笑了出來。

「那是給小朋友玩的魔法玩具呢！妳要不要選別的呀？」

露歐卡笑個不停。

「別笑我啦！選這個有什麼不好！」露歐卡的反應讓小薰的臉都紅透了。

「因為這是我一直以來的夢想嘛，我想要像『魔法少女咪咪』一樣揮動魔法棒。」

看著小薰相當憧憬的表情，露歐卡也不再嘲笑她了，認真的問：「魔法少女咪咪是誰呀？」

「那是一部電視卡通喔，我讀幼兒園的時候超級喜歡看的。故事是說，一個平凡的小學女生咪咪，因為獲得了魔法棒而變身為『魔法少女咪咪』！只要她揮動魔法棒，身上的服裝就會變得完全不一樣！」

小薰在原地轉了個圈示範變身動作，旁邊的露歐卡付之一笑的說：「只是用魔法換衣服，有什麼好羨慕的？這麼簡單的魔法，任誰都能輕易辦到。」

「露歐卡妳也別笑了，對於無法使用魔法的人類來說，這可是相當了不起的事情呢！」香草站在露歐卡的肩膀上這麼說，看起來努力強忍住笑意。

「露歐卡，妳怎麼這樣！我可是很認真的。這對露歐卡來說也許是再簡單不過的魔法，但是我也想自己試一次看看呀！」小薰不滿的噘起嘴巴。

看見小薰的認真表情，露歐卡拍拍小薰的肩膀說：

「好，我知道了。如果妳真的這麼想買的話，就去買吧！魔法卡片已經是屬於妳的東西了，買了魔法棒妳應該就會消氣了吧！」

「感覺好像在敷衍我喔！」小薰有點不開心，但現在沒有時間生氣了，不快點去買魔法棒的話，商店可能就會

消失了！

「那我們快回去剛剛的攤位吧！」

露歐卡點點頭，兩人一起沿著剛剛走來的路折返回去。

黑貓看著兩人越來越遠的背影，感歎似的發出了一聲「喵」。

3

蘇打藍的魔法棒

「太好了！攤位還在！」

正當她們駐足在那家攤位前面時，櫃檯後的店員哥哥輕輕拿起頭上的帽子向她們打招呼。

「歡迎光臨！」

身形高瘦又修長的店員哥哥，留著一頭奇特的髮型，一半的頭髮染成引人注目的檸檬黃色，另一半則染成清爽的藍色。他的臉上戴著一個華麗繽紛的眼罩，脖子上掛著一條類似項鍊的飾品，上面垂掛著閃閃發光的小燈泡。

「那個……我想買魔法棒。」小薰說著說著，聲音也變得越來越小。

雖然身為人類的小薰很嚮往擁有一支魔法棒，但是剛剛露歐卡說，這裡販售的魔法棒應該是小朋友才會買的玩具，不太適合已經十歲的小薰。

「他會不會嘲笑我呢？」

小薰抱著不安的心情抬頭看，只見店員哥哥瞇著彎彎笑眼，親切的說：

「小姐，別客氣，請挑選您喜愛的魔法棒吧！」店員哥哥摘下帽子，宛如王子般朝著小薰行禮。

「謝謝你！」小薰說完後，便趕緊掃視攤位上展示的各式魔法棒。

有頂端鑲嵌著閃亮亮藍寶石的魔法棒；

裝飾著紅色愛心水鑽的魔法棒；

還有繫著粉紅色蝴蝶結的魔法棒。

「哇！全部都太可愛了，真不知道該選哪一支才好！」

聽見小薰這句話，店員哥哥朝擺放魔法棒的展示架展開了雙手，魔法棒便隨著他的動作飄浮了起來。

「請別客氣，直接拿取您喜愛的商品吧！相信您能選出最適合您的魔法棒。」

「咦？只要拿一下就能知道該買哪一支嗎？」

小薰滿心疑惑，回頭看向露歐卡。

露歐卡點點頭說：「機會難得，妳就拿起來看看吧？」

「也對，妳說的沒錯。」聽了露歐卡的話，小薰馬上把手往前伸去。

當小薰拿到第一支魔法棒的瞬間，魔法棒散發出甜甜的花香味。

第二支魔法棒迸出了火花。

「每一支魔法棒所展現的魔法都不一樣。那麼，您想要擁有什麼樣的魔法呢？」店員哥哥將食指放在唇邊，露出了淺淺的微笑。

「原來是這樣呀！」

小薰將每支魔法棒都拿在手上試過

一遍，相當認真的挑選。

經過一番艱難的篩選，最終剩下了兩支魔法棒，要從中做出最後的抉擇：一支握把是珠光粉紅色的魔法棒，另一支是顏色如蘇打汽水般湛藍的魔法棒。

「這一支是愛心造型的，好可愛！另一支上面的星星也好漂亮呀……」

雖然只剩下兩支魔法棒，但是要二選一也不簡單。因為這兩支都很好看呀！小薰苦惱的來回看著這兩支魔法棒。

「我覺得這支魔法棒比較適合妳。」露歐卡指著湛藍色的魔法棒。

露歐卡這麼一說，小薰才感覺到，這支湛藍色魔法棒的手感特別舒服，拿起來相當順手。

「真的嗎？謝謝！」

「我要買這支！」多虧露歐卡的建議，小薰終於做出決定。

小薰將魔法棒遞給店員哥哥，他親切的笑著接了過去。

「您做了個明智的決定，非常適合您呢！」店員哥哥說完後，取下魔法棒上的價格標籤。

「使用說明書會與魔法棒一同附上，金額是三魯恩。」從小薰手中拿到魔法卡片後，店員哥哥刷卡付款。

「刷！」響起流星飛越天空般的清脆聲音。

「感謝光臨！」

結完帳，小薰才剛從店員哥哥那裡拿到魔法卡片和魔法棒，就被露歐卡拉著往反方向跑。

「咦！怎麼回事？」

正當小薰感到驚慌失措的時候，露歐卡用魔杖在空中畫出了某種圖形。頓時，兩人眼前浮現出一個包含著各種形狀與文字的巨大魔法陣。

「所羅門之鑰[1]——為我開啟任意門！」念完這句咒語後，露歐卡拉著小薰，準備跨進那個巨大的魔法陣。

「哇哇哇，等一下，我快跌倒啦！那個……很感謝您！」

大驚失色的小薰趕忙向店員哥哥道謝，跟在露歐卡後頭走進了魔法陣裡。

「砰！」小薰感到自己似乎倒在什麼軟綿綿的東西上頭。

「咦？怎麼回事？」小薰心驚膽跳的張開雙眼，發現自己躺在一張床上。她坐起身，又嚇了

1 編註：據傳是由古以色列國王所羅門編寫的魔法書，記載眾多法術與召喚惡魔的咒語。

一大跳！

不知不覺間，小薰竟然已經回到了自己的房間。

「這到底是怎麼一回事？」小薰不禁脫口而出。

「如果繼續待下去的話，我跟妳就必須從魔法大道各自離開了。」

盤腿坐在書桌上的露歐卡這麼說。

「為什麼呀？」

看見小薰對這一切還是充滿疑問，一旁的香草便開始說明：

「魔法師要來到人類世界，必須經過一連串正式的申請手續才行。但露歐卡每次都不申請許可，直接跑去人類世界了。如果露歐卡等著跟小薰一起被送離魔法大道並且回到人類世界，她偷跑的事說不定就會被魔法界的管理員發現。所以才要施展魔法，先偷偷回到人類世界。」

「這樣啊……」

雖然香草相當認真的解釋，但小薰還是一知半解。

「話說，我的魔法棒呢……啊！」小薰看向自己的腳邊，忍不住尖叫了一聲。

「糟糕！我還穿著鞋子！」

小薰急忙脫下帆布鞋，接著小心翼翼的將頭探出房門查看。

「怎麼辦？沒有經過大門就直接回到房間，該怎麼跟媽媽解釋呢？」

沒想到，露歐卡一臉輕鬆的說：

「別擔心，妳媽媽現在不在家。」

「真的嗎？」小薰拎著帆布鞋，提心吊膽的往房外看了看。

如露歐卡所說，媽媽真的不在家，應該是去超市買東西了吧！

「呼！鬆了一口氣。」小薰悄悄的把帆布鞋放在玄關後，飛快的衝回房間。

「露歐卡，妳是怎麼知道媽媽不在家的呢？」

聽見小薰的提問，露歐卡用輕鬆的語調說道：「對呀，我怎麼知道的呢？」

香草趁著露歐卡沒注意時，用短短的手模仿露歐卡在空中畫出圖形的樣子。

「嘿嘿，露歐卡也真是的，竟然施展魔法讓媽媽出門買東西……魔法師果然很厲害！」

小薰拾起掉在床上的魔法棒。

「太好了，我要用這支魔法棒來施展魔法！」雖然有這樣的想法，但小薰不知道該怎麼做才能展現魔法。

「對了，店員哥哥說過，有附上使用說明書。」小薰馬上將捲在魔法棒上的使用說明書攤開。

「嗯，這叫做『梅林的魔法棒』……」當小薰念出使用說明書上的文字，露歐卡也將頭湊過來看。

「啊，是指那位大名鼎鼎的魔法師梅林嗎？」

「說明書上面寫著，如果魔力用完的話，魔法棒就不能繼續

魔法使用說明書

你也能輕鬆成為偉大魔法師！

梅林的魔法棒

魔力★

效果

揮舞魔法棒，
就會灑落精靈的閃耀亮粉！
舉起魔法棒，原地轉一圈，
就能快速變身，換上喜愛的衣服！
只要在心中默念想要實現的魔法，
便能一一實現喔！

持續時間

用於初級魔法的時效能維持比較久，
用於魔力高強的魔法則時效會變短。
（依魔法種類而有所不同）

注意事項

① 此魔法棒是適合幼童使用的魔法道具，
無法應用在黑魔法上。

② 魔法棒裡儲存的魔力一旦用完，
便無法再使用了。

使用了。」

聽見這句話的露歐卡突然用雙手摀住嘴巴。

「噗嗚嗚！」從她的指縫間傳出一陣奇怪的憋氣聲音。

小薰轉頭一看，發現露歐卡肩膀上的香草也以短短的兩隻手摀著嘴巴，圓滾滾的身軀微微顫抖著。

「你們是怎麼了？」小薰才剛問完，結果——

「噗哈哈哈哈！」

露歐卡和香草再也忍不住了，放聲大笑起來。

「有什麼好笑的嘛，笑點在哪裡？」

小薰獨自生起悶氣，笑個不停的露歐卡與香草一邊擦掉眼角的眼淚，一邊指著使用說明書。

露歐卡說：「因為說明書上寫著這是『梅林』

的魔法棒，我還以為可以施展出多了不起的魔法……」

說到這裡，露歐卡和香草互相看了一眼，又忍不住捧腹大笑了起來。

「原來是這樣子呀！那『梅林』又是哪位呀？」聽見小薰這麼問，露歐卡不敢相信的睜大了雙眼。

「不會吧？人類不認識『梅林』嗎？魔法書上明明寫著『梅林在人類世界也享有盛名』的呀！」

語帶驚訝的說完這句話後，露歐卡繼續說明。

「梅林是一位非常厲害又偉大的魔法師，據說他也時常會在人類世界現身，在人類世界名聲相當顯赫。」

「這樣呀……我只知道『魔法少女咪咪』，沒聽過『梅林』這號人物呢！」

小薰的回答讓露歐卡不知該說什麼才好。

「魔法少女咪咪才是不知道哪裡冒出來的人物呢！話說回

來，雖然這魔法棒冠上了偉大魔法師的名號，可是一旦魔力用完，就只剩下魔法棒的樣子，妳真的覺得這樣的道具好嗎？」

「很好！這對我來說就足夠了！」小薰賭氣的噘起嘴，緊緊抓著魔法棒。

「這樣就很好！而且魔法大道的店員哥哥也說這是最適合我的魔法棒！」

4

一同開心歡笑

「不過，這真的是用來哄小孩的玩具嗎？」

小薰試著揮動魔法棒，在空中劃了個圈，然後……

「刷啦啦——」在小薰的周圍飄散著亮粉般的微小星星。

「哇！星星！好可愛呀！」

小薰再次舉起魔法棒，以右腳

為重心轉了個圈。結果，小薰身上的衣服轉眼間竟然變成了一套魔法師風格的洋裝，跟露歐卡的一模一樣！

衣櫃門上的全身鏡，映照出小薰的全身裝扮，就連帽子都跟露歐卡的十分相似。

「露歐卡妳看！我也變成魔法師了。我們看起來就像一對雙胞胎呢！」

小薰陶醉的看著鏡中的自己。不過，才過了沒多久，她又變回了原本的樣子。

「啊，魔法這麼快就消失了。」小薰忍不住喃喃自語。

「我就說這是用來哄小孩的玩具吧！」露歐卡回應。

「好像是這樣沒錯啦……」

雖然時間非常短暫，讓小薰有點失望，但是小薰也算是實現了成為魔法師的心願。小薰再次認真凝視著魔法棒。

「即使只有一下下也心滿意足了，因為我一直都憧憬著能成為魔法師嘛！就算沒辦法跟露歐卡一樣，施展出厲害的魔法，只要稍微能運用一點魔法，我就很開心了！」

說完後，小薰緊緊的將魔法棒抱在懷中。

「原來妳這麼想要施展魔法呀！」

露歐卡不自覺的莞爾一笑。

「咦，露歐卡，妳該不會……是害羞了吧？是因為聽見小薰說很崇拜魔法師嗎？她又不是針對妳說的！」

被香草調侃了一番，露歐卡挑了挑眉毛，一語不發的把香草從自己的肩膀撥下去。

「哇哇哇！露歐卡妳在做什麼啦！」香草捲起毛茸茸的身體，在床上彈了兩下後才安全降落。

小薰與露歐卡看見香草這個模樣，不約而同的哈哈大笑。

「哈哈哈！香草超好笑的！」

看著捧腹大笑的露歐卡，小薰這才發現——露歐卡今天一直在笑呢！

第一次見面的時候，露歐卡總是一副不苟言笑的冷漠表情，小薰完全不懂她內心在想些什麼。但是，露歐卡今天一直露出開心的笑容。

「看見露歐卡的笑臉，我也感到好高興喔！」小薰不由自主的笑著說。

「不過，人類又沒辦法使用魔法，妳帶著這支魔法棒走在路上不會很奇怪嗎？妳打算在哪裡使用它呢？」

聽見露歐卡的問題，小薰笑容滿面的回答：

「過幾天鋼琴才藝班會舉辦一場遠足活動，我想帶著魔法棒去參加。」

「遠足？那是什麼呀？」露歐卡好奇的詢問。

「老師們每年都會找一天帶我們到遊樂園去玩，我想……如果是在遊樂園裡，拿著魔法棒應該就不會很奇怪了吧？」

「遊樂園？那又是什麼地方？」

「去那邊要做什麼呢？」連香草也攀上了露歐卡的肩膀，興味盎然的探頭問。

「遊樂園裡面有許多遊樂設施，像是旋轉木馬、雲霄飛車，另外還有販賣各種好吃的食物，有特製熱狗堡和不同口味的爆米花等等……總之是一個超級好玩的地方喔！」

小薰的說明讓露歐卡與香草都睜大了雙眼，流露出不可思議的神情。

「真的假的！」

「特製熱狗堡是什麼呀？雖然聽不太懂，但是感覺遊樂園超級有趣的！」

香草坐立難安，在露歐卡肩膀上走來走去。

「香草你冷靜一點，不需要那麼著急，只要去一次就知道那

是什麼樣的地方了。」

香草和露歐卡都因為小薰的說明而期待起來。

「嗯？該不會……你們也要一起去嗎？」

小薰才剛說完，露歐卡與香草的臉色瞬間大變。

「怎麼了，我們不能去嗎？」露歐卡有點不高興。

「也不是不能去啦……如果真的要去，你們那天可以不要跟我說話嗎？」

「妳這麼說是什麼意思呢？」露歐卡用困惑的眼神看著小薰

提出疑問。

「因為，那天還會有其他同學在場……露歐卡妳之前也說過，沒有魔法卡片的人，看不見妳的存在也聽不到妳的聲音。如果我自己一個人對著空氣講話，其他人也會覺得很奇怪吧？所以，才希望你們可以不要跟我說話呀！」

露歐卡面無表情的說：「是喔，我知道了。」

接著便把臉轉向另一邊。

「咦？露歐卡生氣了嗎？」小薰悄悄的看向露歐卡。

難得一直到剛剛都還這麼開心，現在又回到原本那種悶悶不樂的表情了。

「我這樣說也是不得已的呀，露歐卡真是的，好愛生氣喔！」

小薰聳聳肩，目光落在露歐卡蓬鬆的長髮上。

不過，這一切真令人難以置信呢！眼前竟然有一個貨真價實的魔法師——露歐卡，就站在小薰觸手可及的地方。

魔法師露歐卡還與身為人類的小薰一起出門逛街、買東西、聊天，一切都美好到像個夢境。

小薰在讀幼兒園的時候，曾經在慶生會上許願：「夢想是成為魔法少女咪咪。」大家聽了都捧腹大笑。

小薰也跟著一起笑，但其實，她心裡難過得想哭。因為她是真的想要成為魔法少女，一心嚮往的夢想卻遭到眾人的嘲笑。

可是，遇見露歐卡之後，小薰出乎意料的實現了小時候的夢想。更棒的是，今天買到這支魔法棒，讓小薰能夠施展出一點小魔法。

這一切都是託露歐卡的福。

小薰至今也不知道為什麼露歐卡的魔法卡片會出現在她的面前。不過，如果小薰那天沒有撿起這張卡片，應該就不可能像現在這樣認識露歐卡了吧。

想到這裡，小薰心中湧起了一陣強烈的感動。

「雖然被大家發現會很難解釋，但我也好想跟大家炫耀，自己有一個這麼特別的朋友喔！」

「憧憬已久的魔法師，竟然成為了只有自己才看得到的祕密朋友，光是想到就覺得好自豪呀！」

「能認識露歐卡真是太棒了！」小薰不自覺的露出微笑。

這時，露歐卡突然轉過頭來。

「妳怎麼了？怎麼突然笑了起來？」

小薰慌張的收起笑臉，轉向露歐卡。

「我才沒笑呢！」

「騙人！妳剛才明明就在笑！」露歐卡不服氣，用力盯著小薰的臉。

「我就說我沒笑了。」

「妳明明有！」

小薰一邊反駁，一邊面對露歐卡的逼近左閃右躲，最後還是忍不住「噗哧」一聲笑了出來。

露歐卡也被這樣的歡樂氣氛給逗笑了。

「妳到底為什麼突然

笑啦？」

「露歐卡妳還不是也在笑！」

兩人的笑聲彷彿是無比協調的合奏，迴盪在整個房間裡。

第2章

露歐卡的故事

1

約定

露歐卡抬起手遮擋陽光，仰頭看向天空，深深吸了一口氣。

「天氣真好！」

今天就是「遠足日」了。為了前往那個據說有許多好玩遊樂設施和好吃食物的「遊樂園」，露歐卡再度來到人類世界。

「露歐卡！」

香草從披風下冒出頭來。

「妳應該知道吧？只能待一個小時喔！如果超過一小時，妳就會被自己畫出來的魔法陣吞噬，永遠都出不來了。」

說完後，香草從蓬鬆的毛髮裡取出沙漏。

「不用你說我也知道，真是囉嗦！」

「要是蜜歐娜大人知道妳未經許可就出入人類世界，不曉得會有什麼樣的後果，真是的。」香草以露歐卡能聽見的音量繼續叨念著。

「還真好意思說……」露歐卡喃喃自語。

香草揹著一個小背包，又斜揹著水壺，準備非常齊全，頭上還戴了頂帽子。

「明明香草比我更想去！」露歐卡默默嘖了一聲。

「先別說這些了，我們趕快去找小薰吧！」

露歐卡原本想要跟小薰一起出發。但是，如同香草所說，露歐卡只能在人類世界待一個小時，所以跟小薰在遊樂園會合，就可以一起玩久一點。

人類要移動位置，得憑藉雙腳走路或是搭乘交通工具。要是跟著人類一起行動，會消耗許多寶貴的時間，太可惜了。

魔法師就方便多了！可以騎乘飛天掃帚或是施展移動魔法，輕而易舉就能前往想去的地方。

露歐卡騎著飛天掃帚在遊樂園的上空盤旋，她將大拇指和食指圈成一個圓圈。

「來看看小薰在哪裡……」

露歐卡透過手指圓圈查看腳下那片遼闊的遊樂園，發現了一道既像粉紅色又帶著銀色的奇幻光芒，拿著魔法卡片的小薰應該就在那裡。

「找到了！」

「露歐卡，妳不要一下子衝太快喔！」

儘管香草一再提醒，但是她完全沒有聽進去。

「要衝了喔！」露歐卡緊抓著掃帚，朝向那道光芒筆直飛去。

「就在這裡！」露歐卡發現了小薰的身影，悄無聲息的降落在附近的樹木後方。

小薰與幾個同學正一起走在廣場上，一群人愉快的聊著天。

「原來這裡就是『遊樂園』啊……」露歐卡東張西望，環顧四周。

遊樂園裡的主要幹道兩側種植著樹木，往裡面走可以看見高聳宏偉的遊樂設施。一個外觀像圓形的巨大風車，上頭懸吊著幾個纜車車廂，正在緩緩的轉著圈。

一旁是隨著音樂繞圈的木馬，坐在馬背上的孩子們興奮的高聲歡呼。

「那是什麼呀，感覺很有趣！」露歐卡突然說出這句話。香草爬上她的肩膀，捻了捻鬍鬚開始解釋：

「讓我來告訴妳吧！那個巨大的遊樂設施叫做『摩天輪』，旁邊那個可以坐在馬背上繞圈的是『旋轉木馬』。」

「哇！香草，你懂的可真多呢！」

露歐卡的話讓香草更加得意了，牠昂首挺胸繼續說著：「還好啦！身為一個專業的使魔，這點知識算不了什麼。還有呀，那邊那個不停轉圈圈的設施叫『旋轉咖啡杯』，裡面有方向盤能控制方向。那間黑色屋頂的房子是『鬼屋』，屋裡有人會假扮成妖魔鬼怪，還會跳出來嚇唬人。」

就在這時，露歐卡和香草的上方突然傳來了巨大聲響。

「轟隆！轟隆！」

「哇！」露歐卡和香草不約而同摀住耳朵，不自覺的彎下腰想躲避危險。他們小心翼翼的往上看，列車以飛快速度穿過上方那條彎彎曲曲的軌道。

「那是什麼呀？是故障了嗎？為什麼能跑得這麼快呀？這樣

很危險呢！」

餘悸猶存的露歐卡抬頭看著軌道這麼說。

而香草擺出「妳真是少見多怪」的姿態，揮動著他那短短的手回應露歐卡的疑問。

「妳真是大驚小怪，

那個叫做『雲霄飛車』，人類喜歡刻意做危險的事來體驗刺激。」

「咦？原來是這樣！人類真是難以理解呀！」

雖然嘴上這麼說，但露歐卡的心情依然十分激動雀躍。搭乘遊樂設施爬到那麼高的地方，還故意讓自己身陷危險、感受恐懼……魔法師就絕對想不到這些點子。

「更何況，竟然不需要魔法也能打造出這麼多神奇的遊樂設施，人類似乎比我原先設想的還要了不起……」露歐卡凝視著遊樂園，沉浸在思考中。這時候，香草出聲了。

「露歐卡，別再發呆了，等等就跟不上小薰了喔！」聽見這句話，露歐卡才猛然回神。

「也對，要跟小薰會合才行。」

露歐卡用魔法將掃帚縮小並揹在背後，急急忙忙想追上小薰的腳步，沒多久就發現小薰的身影了。

小薰跟剛才那群人稍微拉開了距離，與一個男孩在廣場前方的步道上，邊走邊聊天。

露歐卡就站在那男孩的正對面，不過，小薰似乎完全沒有注

意到露歐卡。

「她沒有發現我來了嗎？」

露歐卡這次直接走到他們面前，結果小薰還是無動於衷。

「咦？為什麼呀？算了，反正只有小薰能看到我，所以我出聲應該沒關係吧？」

「讓妳久等了，我來啦！」

露歐卡在小薰的正前方不停揮手。可是，小薰依舊跟那位男孩說話，絲毫沒有將視線轉向露歐卡。露歐卡不死心，再試了一

次，結果還是一樣。

「她怎麼這樣！」露歐卡氣得鼓起了雙頰。

「虧我還特地趕到這裡，小薰卻只顧著跟別人聊天！」

氣沖沖的露歐卡，決定和小薰各走各的，往小薰背後的方向走去。

「露歐卡，走慢一點呀！妳不是要跟小薰一起在遊樂園裡玩嗎？」香草慌張的在露歐卡肩膀上跳來跳去。

「算了，小薰對我的存在根本視若無睹，她可能不想跟我一起玩吧？」

「沒這種事啦，快回來呀，露歐卡！」儘管香草極力想挽留，但露歐卡還是堅決繼續往前走。

「她真的不想跟我一起玩嗎？」突如其來的憂愁，讓露歐卡停下了腳步，她忍不住回頭看了一眼。

就在這個時候，有一群男孩似乎在邀約小薰身邊的男孩加入他們。他好像有些顧慮小薰的感受，但最終還是朝向那群男孩走去。等到男孩的身影完全消失，小薰才匆忙跑到露歐卡身邊。

「露歐卡，對不起！剛剛因為奏太在旁邊，所以沒有回應妳。」小薰誠心誠意的向露歐卡道歉。

「畢竟奏太看不見妳，如果我對妳說話，他一定會覺得奇怪。我原本想要跟其他人拉開一點距離，但奏太看到我一個人孤零零的，才走過來陪我。剛剛假裝沒看到妳，真的很抱歉。」

小薰感到相當自責，拚命向露歐卡道歉。

「算了，這也沒什麼……」露歐卡頂著一臉不高興的表情，點點頭接受了小薰的道歉。

的確，小薰說的也沒錯。可是，看見小薰興高采烈的跟其他人聊天，露歐卡的心情還是不怎麼好。

「為什麼會有這種煩躁的感覺呢……我該不會是嫉妒那個男生吧？」一想到這裡，露歐卡急忙打消了這個念頭。

「我怎麼可能嫉妒人類呢？我可是無所不能的魔法師！」

「不說這個了，我們快點去玩吧！別浪費寶貴的時間啦！」

小薰一邊拉著露歐卡的手，一邊雀躍的說。

一掃之前的憂鬱，小薰臉上展露出一如以往的開心笑容。

「真是的！」雖然露歐卡在心裡這麼想，但是並沒有要責怪小薰的意思。因為，她也很想跟小薰一起去體驗那些好玩有趣的遊樂設施！

「真拿妳沒辦法，就陪妳一起去玩吧！」

即使露歐卡心裡非常期待，但表面上還是板著一張臉，只是微微揚起了嘴角，與小薰一起奔向遊樂設施。

2

第一次到遊樂園

「我們先去搭那個吧！」小薰跑向旋轉木馬，接著開心的跨坐到純白色的木馬背上。

「露歐卡妳也趕緊選一匹喜歡的木馬呀！」

「喔，好。」

露歐卡有些緊張，左顧右盼，跨上了一匹褐色鬃毛的木馬。

露歐卡坐穩之後，香草從她的披風裡跳了出來，搖

搖晃晃的爬上了木馬的頭頂。

「我要坐這裡！」

「嘟嚕嚕嚕——」隨著啟動的鈴聲，手風琴音色的旋律響起，木馬也開始緩緩的向前繞圈。

「哇！完全不需要魔法也會動！」露歐卡不假思索的說出這句話，逗得小薰笑了出來。

「儘管露歐卡的魔法超級厲害，但旋轉木馬也不錯，對吧？」

上下起伏的木馬，隨著音樂緩慢的轉著圈。露歐卡的長髮隨風輕柔飄揚，站在木馬上的香草也愉悅自在享受迎面而來的風。

天花板閃耀出黃色和藍色的光芒，透過貼在中央柱子上的鏡子反射到四周，呈現出如夢似幻的美麗光景。

「怎麼會這麼好玩呀！」

坐了一陣子，木馬的速度逐漸變慢。即便手風琴的音樂已經停了下來，露歐卡還沉醉在夢幻場景中難以自拔，遲遲不從木馬上離開。

「露歐卡，已經結束了喔！」

「啊，好！」

聽到小薰的提醒，露歐卡才慌忙從木馬上下來。

「好久沒有坐旋轉木馬了，出乎意料的好玩呢！」小薰說著，轉過頭看露歐卡的反應，露歐卡連連點頭。

「對呀，很有趣。」

聽見露歐卡的回答，小薰像是鬆了一口氣似的說：「露歐卡也覺得開心，真是太好了。接下來我們去玩那個吧！」

小薰拉著露歐卡前往的目的地是——雲霄飛車。伴隨震耳欲聾的聲響，雲霄飛車開始啟動。在發出「喀噠喀噠」聲的同時，列車沿著極為陡峭的軌道往上爬。

「哇，可以看到好遠的地方喔！」露歐卡才剛冒出這樣的想法，雲霄飛車隨即開始急速下滑。

「啊啊啊啊啊！」小薰緊握著座椅前的鐵桿，放聲尖叫。

雲霄飛車一下子飛快向前衝，一下子又減緩速度。周邊風景迅速從眼前飛掠而過，露歐卡的帽子都快被吹走了。

「不過，心情好暢快呀！」露歐卡心想著。

「下一個要玩什麼呢？」小薰繼續說道。

露歐卡就這樣被小薰拉著玩了好多項遊樂設施。

其實，露歐卡不需要搭乘這些遊樂設施，運用飛天掃帚或施展魔法也能得到相同的體驗。

「可是，這樣能感受另一種前所未有的刺激，真有趣！而且……如果是自己一個人來，應該一點也不好玩吧？因為是跟朋友一起玩，才會那麼快樂。」露歐卡悄悄瞥了小薰一眼，看著她開心的側臉想著。

「露歐卡，我們去搭摩天輪吧！」

兩人搭上一個紅色車廂，慢慢轉到了摩天輪的最頂端。她們並肩俯視著腳下的遊樂園。

各種遊樂設施座落在廣闊的園區當中，遊樂園牆外矗立著多不勝數的住家及高聳的大樓。沐浴在午後陽光下，所有物體的輪

廓線像是被金色畫筆描了邊。

這段日子，每當露歐卡來到人類世界的時候，她都會從空中觀察街道，今天她看到的幾乎都是高高的建築物。

「原來，人類居住

的世界會隨著場所不同而呈現不一樣的景色，真有趣呢！」

露歐卡忽然想起了媽媽蜜歐娜。其實，就在幾天前，蜜歐娜曾經返家一次。

當時沒有向媽媽提起魔法卡片，而是試著詢問媽媽關於人類世界的事情……

雖然露歐卡心裡抱著這樣的打算，但蜜歐娜一看到露歐卡，開口便問：「在學校有沒有認真學習魔法呀？」

「當然，我有認真學習！」露歐卡賭氣的將臉撇向一邊。

「如果是這樣，那就太好了。」

蜜歐娜說完後，在家裡施展了讓露歐卡獨自看家也能生活無虞的魔法，又匆匆忙忙的出門了。

露歐卡從來沒有從媽媽那裡聽過任何關於人類世界的事情。

小時候，每當露歐卡好奇的詢問媽媽有關人類世界的問題，蜜歐娜總是直截了當的回答：「以後等妳長大，自己去看看就會知道了。」

「為什麼媽媽要一直前往人類世界呢？難道她覺得我一點也

不重要嗎？」露歐卡用手撐著下巴，凝望著窗外風景。

「露歐卡，妳覺得遊樂園怎麼樣？」小薰用閃亮亮的雙眼看向露歐卡詢問。

「什麼？」

感覺露歐卡不明白自己的問題，小薰歪著頭再問了一次。

「就是呀！妳玩得開心嗎？」

「嗯，非常……」

露歐卡正想回答非常開心，但急忙又清清喉嚨改口說：

「嗯……還可以，覺得人類雖然無法運用魔法，但是還滿用心製作這些遊樂設施的。」

結果，站在露歐卡肩膀上的香草竊笑了起來。

「真是說謊不打草稿，明明就超級樂在其中。」

一言不發的露歐卡用手指對著香草施加了魔法。

「嗚嗚嗚！」氣得跳腳的香草，被收進了露歐卡的披風。

「真是的，香草總是這麼多話！」

不知不覺中，車廂已經下降到地面了。

「啊！到了。我們得快點下車。」

快步走出車廂後，露歐卡為了掩飾香草剛剛的話，轉頭問小薰：「話說回來，妳一直跟我玩沒關係嗎？跟妳同行的朋友難道不會擔心妳嗎？比方說剛剛那個男生。」

對於露歐卡的提問，小薰微微一笑，搖搖頭說：「妳說奏太嗎？不用太在意他，只要隨便解釋幾句就行了！比起跟他們在一起，跟露歐卡一起玩更開心呀！」

小薰的這句話讓露歐卡突然感覺心裡暖暖的。

小薰真是個不可思議的女孩。對露歐卡而言難以啟齒的話，她卻能輕鬆的說出口。

小薰說的話，總是像一陣輕柔的春風，拂過露歐卡的內心深處，露歐卡心裡也變得溫暖了起來。

從來沒有人對露歐卡說過類似的話語。

「是嗎？那就好。」表面上裝出一副若無其事的樣子，但其實露歐卡感動得想掉淚。

露歐卡希望自己也能夠像小薰一樣，說出能讓對方感到暖心的話。只是，她總是會不由自主的說出一些心口不一的彆扭話語，露歐卡也不懂自己為什麼老是這樣。

每當這種時候，露歐卡總會這麼想——跟魔法優越的自己相比，不經意的一句話就能讓他人感到溫暖的小薰，才是更了不起的人。

「妳不是帶了那支魔法棒嗎？用過了嗎？」

露歐卡重新打起精神，詢問小薰魔法棒的事。

「我還沒拿出來呢，不知道該在哪裡使用比較好。」

露歐卡有點困惑的說：「妳之前說得那麼起勁，結果都還沒拿出來使用嗎？」

小薰的表情有點不好意思，將手伸進背包裡。

「就是說呀，難得帶來了，很想用看看呢！剛好這個步道沒什麼人。」小薰一邊說，一邊想拿出魔法棒，但好像哪裡卡住了，一直拿不出來。

「啊！」

小薰用力將魔法棒往上抽，身體一時失去平衡，撞到了從後面走過來的一個小女孩。兩人都跌到地上。

「哇，真對不起，妳還好嗎？」

小薰一屁股跌到地上，她馬上爬了起來，詢問小女孩的狀況。小女孩大約是幼兒園大班的年紀，似乎是被嚇到了，坐在地上愣了一下。

「喔，沒事，只是有點嚇到了。」

小女孩說完後就準備起身，這時，突然颳來一陣風。

「咦？不見了！」小女孩頓時慌張的查看四周。

「怎麼了？」

聽見小薰這麼問，小女孩焦急的說：「真央的氣球不見了！」

「啊？氣球？」

目擊事情發生經過的露歐卡也同樣歪著頭感到疑惑。

「妳的名字叫真央？妳剛剛手上拿著氣球嗎？」

小女孩一臉認真的用力點點頭，回答小薰的問題。

「我跟爸爸一起來的。原本是全家人都會來，但是妹妹奈央發燒，所以媽媽在家照顧她。我想把氣球

拿回家送給妹妹，所以跟爸爸拿錢在那邊買了氣球。可是，現在不知道氣球飛去哪裡了……」

真央說話的同時，她的淚水也不停的在眼眶裡打轉，感覺隨時就要放聲大哭。

「原來是這樣，對不起呀，可能是剛才跟我撞在一起的時候飛走了。」

小薰抬頭仰望天空，但絲毫沒有看見氣球的蹤跡。

「要不要我騎掃帚飛上去找找看？」

聽見露歐卡這句話，小薰壓低音量說：「妳要在這裡飛上天空？就算其他人看不見妳，氣球自己飛回到她的手中，看起來也會很詭異吧！」

「也對。」

兩人認真思索了一下，小薰猛然抬起頭，指著遠方說：「那我們去買一個新的氣球，妳覺得怎麼樣？」

轉過頭可以看見步道另一端，有一輛販售七彩氣球的攤車，真央一定也是在那裡買的。

「不要，我喜歡剛剛那顆氣球！因為店員還幫我在氣球上面寫了妹妹奈央的名字。我一定要原本的那顆氣球！」

說完後，真央難過的哭了。

「啊，這樣呀……」

3

解不開的魔法

小薰再次陷入思考。突然間像是想到了什麼好點子，她輕快的拍了一下雙手。

「真央，妳看這個！」話音剛落，小薰輕輕的揮了一下手上的魔法棒。

「刷啦刷啦——」宛如亮粉般閃亮的粉色光芒灑落在真央頭上，

真央瞬間停止了哭泣。

「哇，好漂亮！」

「妳看，還可以這樣喔！」

這次，小薰將魔法棒在真央的頭上繞圈圈，一瞬間，光束彷彿緞帶，環繞在真央的身邊。

「姐姐好厲害！妳好像一個魔法師喔！」

剛才還淚眼汪汪的真央，此刻高興的笑著拍手歡呼。

「人類竟然會對這麼簡單的魔法感到欣喜若狂呀……」露歐卡內心感到非常驚訝。

小薰施展的魔法，對露歐卡來說簡單至極，是用來哄小孩的幼稚魔法。如果換成她的話，肯定會運用更厲害的魔法，讓真央加倍開心。

抱持著如此想法的露歐卡，默默移動到距離小薰她們稍遠的地方，拿出自己的魔杖，迅速的在空中畫出一個魔法陣。

「耶基姆・亞斯她錄[2]！讓這片土地布滿繽紛色彩！」

「刷啦！刷啦！」剎那間，散發出銀色光芒的魔法陣迅速擴大並上升到天空中。

此時，空中傳來宛如豎琴般的樂聲，魔法陣綻放的銀色光芒形成了穹頂，覆蓋在整個遊樂園上方。

「哇，好刺眼！」小薰和真央忍不住用手擋住雙眼。

2 耶基姆：《教皇霍諾留三世的魔法書》記載的主宰南方的惡魔。亞斯她錄（Astaroth）：《所羅門之鑰》記載的七十二柱魔神之一。

當她們慢慢的張開眼睛……

「哇哇哇，這是怎麼回事呀？」

遊樂園到處籠罩在粉彩色的光芒中。剛才搭過的摩天輪，底座變成了兩棵連結在一起的樹，車廂變成了蘋果造型，顏色也改為可愛的淺紫色和粉紅色。

「摩天輪變得好可愛喔……」

「妳看那邊！」

小薰往真央手指的方向看去，是她們乘坐過的旋轉木馬。不

再是普通的旋轉木馬，而是拍著翅膀的飛馬。更不可思議的是，居然真的飛上天空！

色彩繽紛的飛魚從懸在空中的彩虹色巨大滑梯裡飛躍而出。甚至出現有著翡翠綠膚色、貌似外星人的親子遊客，還有全身覆滿純白毛髮的情侶，以及外型彷彿是圓球上長了手腳的奇特生物，大家在遊樂園裡走來走去。

事實上，這些都是在遊樂園裡玩樂的人類。

「哇！好像不小心走進了魔法王國一樣，這究竟是怎麼一回事呢？」小薰驚訝得瞠目結舌。

因為小薰的表情實在太有趣了，露歐卡不禁笑了出來。這時，小薰背對著真央，小聲的對露歐卡說：

「妳使用了魔法，對吧？」

「對呀，怎麼了嗎？」露歐卡理直氣壯的回答。

「怎麼能這麼大張旗鼓的使用魔法呀？這樣會被遊樂園遊客發現妳是

魔法師啦！而且，真的不要緊嗎？露歐卡違反規定擅自來到人類世界，要是被魔法界的人發現，那不就糟了嗎？」

「哎呀！不用這麼大驚小怪的……」

露歐卡一臉淡定的回應：「不用擔心啦！只有我們三個人看得見這個魔法，其他人眼中的遊樂園景色一如往常。況且這種程度的魔法還不至於會被發現。我跟粗心大意的妳可不一樣，這些事情都有考量過了。」

小薰驚訝的睜大雙眼說：「我是真的很為妳擔心！妳也沒有

必要這樣說話嘛……」

「妳根本就不需要擔心我，就像我剛剛說的，我跟妳不一樣，別把我們相提並論。」

「真過分！露歐卡妳這樣講是什麼意思？」

「就是字面上的意思。」

爭論不休的兩人把臉湊到對方面前，怒目相向，隨後又各自不悅的用鼻子「哼」了一聲，將臉轉到另一邊。

「真是莫名其妙，之前明明說自己喜歡魔法的！」露歐卡生

氣的噘起嘴巴，瞪著小薰的側臉。

結果，小薰也跟露歐卡一樣噘著嘴巴，往那邊瞪了過去。兩個人猶如站在鏡子兩端似的，擺出了一模一樣的表情。

「哼！」兩人不約而同的又把臉轉回去。

「如果妳這麼討厭

這個魔法，好啊，那我解除總行了吧！」

「我又沒說我討厭這個魔法。」

「妳的臉上明明就寫著不喜歡！」

就在兩人又要開始吵架的時候，香草從露歐卡的披風攀到帽子上說：「妳們兩個還有

空繼續吵架嗎？」

「你這話是什麼意思？」

露歐卡才剛問完，只見香草使勁揮舞著小手，心急的說：

「剛剛那個孩子……那個叫真央的小女孩不見了啦！」

「什麼！」露歐卡與小薰異口同聲的驚呼。

兩人轉頭一看，真央不見了！到處都不見她的蹤影。

「糟糕，她跑去哪裡了？」小薰慌張的四處張望。

「應該是回到她爸爸身邊了吧？沒事啦，她一定馬上就能找到自己的爸爸。」

聽見露歐卡這番話，香草搖搖頭說：

「露歐卡妳忘記了嗎？她現在還處在妳施展的魔法狀態之中，周圍所有人、包含她爸爸在內，都已經變了模樣，所以她根本認不出來。」

「啊，這麼說也對。」

露歐卡還是裝出一副自己沒有忘記這件事的樣子，泰然自若的說：「那……只要我把施加在遊樂園上方的魔法解除……」

露歐卡一邊說，一邊拿出了魔杖。這時，失去耐心的香草在原地氣得跳腳。

「露歐卡妳振作一點！那個小女孩不在這裡，妳就沒辦法解除魔法！」

這個讓遊樂園看起來全然不同的魔法，當初只施展在露歐卡、小薰以及真央三個人身上。所以，就如同香草所說，必須要三人聚在一起，才能夠解除這個魔法。

「對了，露歐卡應該可以用魔法找到真央吧？」

對於小薰的這句話，露歐卡只是緊緊抿著嘴，搖搖頭說：

「沒辦法，在遊樂園施展這個魔法已經是極限了。如果我再運用『探索魔法』，一定會被魔法界發現我偷偷來到了人類世界。」

「啊，這樣呀……」

小薰臉上的表情看來焦急萬分。

「現在該怎麼辦？」露歐卡也擔心得想掉淚。

「那個孩子現在應該相當不安，得趕緊找到她才行。有什麼好方法呢……」露歐卡絞盡腦汁，隨即想到了一個辦法。

「我飛到空中找找看！」

露歐卡取出揹在背後的掃帚，在上面吹了一口氣，掃帚就瞬間變大了。

當她俐落的跨上掃帚，正準備起飛的時候，小薰站到她面前，展開雙臂：「露歐卡等等，我也要去！我們一起去找真央！」

「沒關係，我自己去就可以了。」

儘管露歐卡斬釘截鐵的拒絕，小薰還是一動也不動，並說：

「真央又聽不見妳的聲音，妳要怎麼叫她停下腳步呢？而且，兩個人找絕對比一個人找還要來得快！」

「這樣說也沒錯……」於是露歐卡用下巴向小薰示意，要她坐到後面來。

「快點上來！」

「好！」

露歐卡轉過頭確認小薰已經跨上了掃帚，隨即猛然踢了一下地面，飛上天空。

飛到空中的露歐卡，大聲詢問小薰：

「怎麼樣？看得見嗎？」

「遊樂園的色彩一閃一閃的，很難看得清楚呀！」

「什麼嘛，妳剛剛還說兩個人一起找會比較快。」

聽見露歐卡的抱怨，小薰也不甘示弱的回應：

「我可沒有保證，那妳也一起來找不就好了！」

「這還用妳說嗎！」

兩人仔細觀察著遊樂園的每一個角落。她們一路經過了擺設著香菇造型傘的休閒廣場，馳騁在飛龍背上的雲霄飛車，兔子一家站著玩球的淺綠色草地……卻還是沒有發現真央的蹤影。

「露歐卡，怎麼辦？時間快不夠了！」香草拿出沙漏，焦慮的大喊著。

「真是的，我知道啦！」露歐卡也大喊回應。

「露歐卡！」這時，小薰用恐懼不安的聲音呼喚露歐卡。

「什麼事？」露歐卡一回頭便看見小薰慘白的臉。

「剛剛香草說，如果真央不在這裡的話就無法解除魔法……如果沒辦法解除魔法，那我們會怎麼樣呢？」

「那根本……」露歐卡只把話說了一半。

插在小薰背包口袋裡的魔法棒，前端微微飄散出細緻亮粉，迎風劃出一道閃亮的痕跡。

「妳看！」露歐卡指向光芒說。

宛如由光構成一條長長的絲線，線的另一端連接著地上的某個地方。

「這是我施展在真央身上的光芒魔法，那麼，這條線的另一端是……」

「就是真央！」兩人異口同聲的說。

「抓緊了！現在要降落了！」

「好！」

「咻——咻——」飛天掃帚朝向地面急速下降。

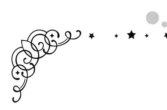

4

擊掌！

沿著細細的一線光芒，兩個人抵達了矗立著許多色彩繽紛聖誕樹的公園。紅色、藍色、白色、粉紅色……每棵樹上都掛著多不勝數的裝飾品。

「露歐卡，妳看那個！」

銀色的聖誕樹上有一顆鮮紅色愛心形狀的氣球，正在飄呀飄。再仔細一看，氣球上以黑色字跡寫著「奈央」。

「是那顆氣球！」

露歐卡和小薰飛到那棵樹的旁邊降落，看見真央正伸長了手在樹下不停的往上跳。

「真央！」小薰放聲呼喊，真央像是被嚇了一跳似的回頭。

「是剛剛的姐姐！」真央快步跑向小薰身邊。

「那個就是真央的氣球！但是線纏住了，拿不下來。」

「別擔心，等我一下！」小薰踮起腳尖，將纏繞在樹上的氣球線仔細解開，把氣球還給真央。

「來，拿好喔！」當小薰把愛心氣球遞給真央的那刻，真央臉上流露出燦爛無比的笑容。

「姐姐，謝謝妳！」

奈央

小薰與露歐卡對視了一眼，不約而同的笑了。

「露歐卡，別發呆了，趕快解除魔法，時間就快用完了！」

香草在一旁大聲呼喊。

表情看來相當受不了的露歐卡，只能聳聳肩。

「好，知道了！」

露歐卡說完後，取出魔杖，在前方快速的畫出了魔法陣。

「耶基姆．亞斯她錄！撤回魔法！」

散發出銀色光芒的魔法陣，迅速擴大並上升到天空中。

「刷啦！刷啦！」與先前一樣，傳來了豎琴般的樂聲。

「咻！」魔法陣就像吸塵器一樣，瞬間將籠罩著遊樂園的閃亮光芒全部吸進去了。

剎那間，魔法陣又散射出炫目的光線。

「哇！」

小薰和真央不自覺的拚命眨眼，隨後緩緩張開雙眼，眼前是已經恢復原狀的遊樂園景象。

「氣球的形狀變回來了。啊，聖誕樹也消失了！」

真央手裡抓著魔法消退的氣球，跑到附近的樹木旁邊，以一副不敢置信的表情觸摸著樹幹。

「真不愧是露歐卡，一眨眼的時間就能恢復原狀。」

聽見小薰悄聲的稱讚，露歐卡得意的說：「這沒什麼啦！」

就在這個時候，遠方傳來廣播的聲音。

「請各位來到遊樂園的遊客注意以下資訊：穿著粉彩色洋裝的中尾真央小朋友，妳的爸爸正在找妳。如果發現具有此特徵的小朋友，請告知廣場前的服務臺人員。」

小薰聽見了協尋迷路小朋友的廣播聲。

「廣播裡說的就是真央吧？」

「沒錯，趕快帶她到服務臺吧！」

小薰點點頭，急忙跑到真央身邊告訴她。

「真央，跟姐姐一起去找爸爸吧！」

真央十分乖巧的點頭：「好，我要去找爸爸！」

「爸爸！」

一看到那個站在服務臺前方、戴著眼鏡的高䠷男性，手抓著珍貴氣球的真央便奮力往前衝。

「真央！」

那位男性看來激動得快要哭了，蹲跪在地上緊緊抱住真央。

「妳跑去哪裡了，爸爸好擔心妳！」

面對這個問題，真央開心的將頭轉過來指著小薰所站的方向。

「我跟魔法師姐姐們一起玩呀！」

「啊……」露歐卡心頭一驚，「她剛才說『姐姐們』，而且

還說了『魔法師』？」

照理說真央應該看不見露歐卡才對。

「這是怎麼回事？」

「姐姐們……啊，是妳帶真央過來的嗎？真是太感謝了！多虧有妳的幫助！」真央的爸爸向小薰道謝。

小薰用餘光看了露歐卡好幾眼，然後不好意思的回應：「不用客氣。」

「我們把這個氣球帶回去給奈央，現在回家吧！」

「好！姐姐，謝謝妳們！」真央高興的朝小薰和露歐卡揮手道別。

真央的爸爸又對著小薰鞠躬感謝了好幾次，牽著真央的手回家了。

「原來爸爸是這樣的啊……」露歐卡凝望著真央和爸爸牽著手漸行漸遠的背影，喃喃自語……

「如果爸爸還活著的話，是不是也會像這樣牽著我的手走路呢？」露歐卡腦中突然冒出了這樣的念頭。

「露歐卡！」小薰的這聲呼喚，讓露歐卡從沉思中回神。

「什……什麼？」

「我們做得很棒吧！完美成功！」

話剛說完，小薰舉起雙手，手心朝向露歐卡。

「露歐卡妳也像我一樣舉起手吧，我們來擊掌！」

「喔……好。」露歐卡還沒回過神來，緩緩的舉起了手。

「啪！」兩人互相擊掌。

「真央是不是看得見妳呀？真是不可思議。」小薰說。

香草語氣果決的回答：「這是因為小孩子的第六感很敏銳

啊……話說回來，妳們兩個剛剛還吵得不可開交，什麼時候又和好如初了呀？」

聽見香草這麼說，兩人互看了對方一眼。

「這麼說來，我們剛才好像是在吵架沒錯。」

結果，小薰爽朗的回應：「香草真是不懂呢！彼此可以直率的說出內心

話，吵架後又馬上和好，正因為我和露歐卡是朋友喔！對吧？露歐卡！」

「啊？」小薰這番話深深觸動了露歐卡。

「原來，這就是所謂的『朋友』，我以前從來不知道……明明是個令人欣喜的體悟，但自己現在是怎麼了……」露歐卡默默想著，莫名湧現一股想流淚的衝動。

「現在哭的話，他們一定會覺得我很奇怪……」露歐卡慌忙將下巴高高抬起。

「沒錯，就是這樣，香草你在胡說些什麼啊？」

香草聽了，氣得將身體鼓得圓滾滾的。

「什麼嘛，虧我這麼擔心你們，真令我操心……」

「啊！」話才說到一半，香草突然驚叫了一聲。

「香草你做什麼啦，不要在我耳邊大叫！」露歐卡摀住耳朵，一臉不悅的樣子。

「妳看！已經沒時間了，要盡快趕回去！」香草指著沙漏說。

沙漏裡的沙就快要全部流完了。

「知道了！」露歐卡無奈的回應香草。

這時，從廣場的方向傳來了一陣呼喊聲。

「小薰！」

露歐卡和小薰回過頭看，剛才與小薰聊天的男孩正往她們所在的地方跑過來。想必他是擔心小

薰而四處尋找她的去向。

「妳的朋友來找妳了，現在我也該回去了。」說完，露歐卡便跨上掃帚。

結果，小薰手忙腳亂的抓住露歐卡披風的一角。

「露歐卡！」

露歐卡驚訝的回頭。

「怎麼了？」

小薰一臉愉悅的說：「下次再一起去逛魔法大道吧！」

「好呀！」露歐卡會心一笑，點點頭。

說完後，露歐卡舉起小指舉到小薰面前，這是小薰教她的約定魔法——打勾勾。

看見此景的小薰，忍不住噗哧一笑。

「下次再見了，露歐卡！」

「再見，小薰。」露歐卡用力踢了地面一腳，往天空飛去。

小薰站在地面上向露歐卡不停的揮手，她的身影隨著距離越來越遠而變得越來越小。

「露歐卡快點！要趕快回到魔法界！」

聽著香草的催促，露歐卡卻莞爾一笑。

「我剛剛跟小薰打勾勾了……」露歐卡深深吸了一口迎面而來的風，慢慢的閉上了眼睛……

（待續）

為大家介紹魔法世界

魔法房間

祕密的說明書

和露歐卡一起體驗的遊樂園之旅，真的好開心！這次還換上了魔女的裝扮，感到心滿意足！「梅林」原來是這麼了不起的人物呀！連香草的打扮也煥然一新了呢！嘿嘿嘿……

魔法筆記

魔法師梅林是誰？

他是一位名留青史的魔法師，因輔佐人類世界的國王、進而撼動了世界局勢，而被稱為「偉大魔法師」。傳說中，梅林是精靈與人類的後代，從小在森林裡長大，學習到各種魔法技巧。在人類世界當中，梅林曾出現在「亞瑟王傳說」的故事裡，從而成為了眾所皆知的人物。

梅林的高超魔法 ★ 前三名

1 變身術

梅林能夠隨心所欲的讓自己、別人、動物、矮人變身。

2 治療術

打鬥中，就算是受到重傷的人，藉由梅林的治療術，也能夠迅速痊癒。

3 移動術

據說梅林的強大法力，可以輕鬆移動一塊重量等同於一棟房屋的大石頭。

修行魔法是成為偉大魔法師的第一步

為大家介紹
魔法世界

魔法房間

魔法
時尚穿搭

只要運用魔法棒，
就能無限次換裝喔！
接下來就跟大家介紹
我最喜歡的裝扮吧！

Girly coordinate

滿滿荷葉邊的
女孩風打扮

喜歡這套看起來
有點像圍裙樣式的洋裝！
就像是可愛風格咖啡店
的店員♪

Princess coordinate

夢幻的
公主風打扮

妳看！是以珠寶
裝飾的蓬蓬裙★
採用透膚材質製成的鞋子，
看起來很有氣質。

我喜歡這套！
Classic coordinate
經典款！
古典風穿搭
長裙是不可或缺
的魔女服裝傳統元素。
披風上加件蕾絲披巾，
增添可愛感♪
Animal coordinate
蓬鬆柔軟
動物風穿搭
一邊想著香草真可愛，
同時揮動魔法棒，
全身就換上了動物裝扮！
材質摸起來就像棉花糖一樣，
很舒服！
兩人換上相同主題的衣服，
滿有趣的呢！
在魔法界，以夜晚為概念的穿搭
非常受歡迎。

故事館 043

魔法少女奇遇記 3：遊樂園的魔法約定

ひみつの魔女フレンズ3巻　遊園地で魔法のやくそく☆

作　　者	宮下惠茉
繪　　者	子兔
譯　　者	林謹瓊
語文審訂	曾于珊（師大國文系）
副總編輯	陳鳳如
封面設計	張天薪
內頁排版	連紫吟・曹任華

出版發行	采實文化事業股份有限公司
童書行銷	張惠屏・侯宜廷・張怡潔
業務發行	張世明・林踏欣・林坤蓉・王貞玉
國際版權	施維真・劉靜茹
印務採購	曾玉霞
會計行政	許俽瑀・李韶婉・張婕莛
法律顧問	第一國際法律事務所　余淑杏律師
電子信箱	acme@acmebook.com.tw
采實官網	www.acmebook.com.tw
采實臉書	www.facebook.com/acmebook01
采實童書粉絲團	https://www.facebook.com/acmestory/

ISBN	978-626-349-570-8
定　　價	320元
初版一刷	2024 年 3 月
劃撥帳號	50148859
劃撥戶名	采實文化事業股份有限公司

104台北市中山區南京東路二段95號9樓
電話：(02)2511-9798　傳真：(02)2571-3298

國家圖書館出版品預行編目資料

魔法少女奇遇記 . 3, 遊樂園的魔法約定 / 宮下惠茉作 ; 子兔繪 ; 林謹瓊譯 . -- 初版 . -- 臺北市 : 采實文化事業股份有限公司 , 2024.04
192 面 ; 14.8×21 公分 . -- (故事館 ; 43)
譯自 : ひみつの魔女フレンズ . 3 巻 , 遊園地で魔法のやくそく☆
ISBN 978-626-349-570-8 (平裝)
861.596　　113000295

Himitsu no Majo Friends 3 Yuuenchi de Mahou no Yakusoku

First published in Japan 2021 by Gakken Plus Co., Ltd., Tokyo
Traditional Chinese translation rights arranged with Gakken Inc.
through Keio Cultural Enterprise Co., Ltd.

采實出版集團
ACME PUBLISHING GROUP

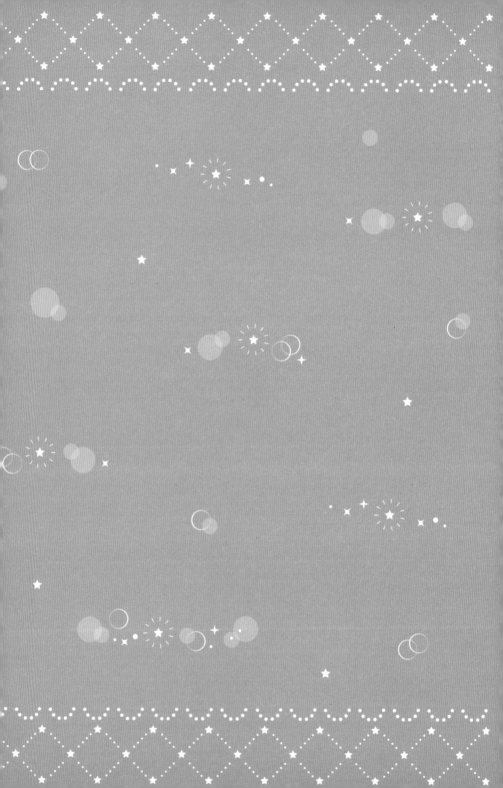